글·사진 **시린**

그림 **푸후**

안녕 말몰레기

한그루

사람들은 나를 말몰레기*라고 부릅니다.

* 말몰레기　　벙어리를 뜻하는 제주어로, 친한 사이에서 말수 적은 사람을 부르는 별명으로 곧잘 쓰이나 비하의 의미는 없습니다.

“○○이구나. 몇 살이니?”

“아! ○○이다!”
“안녕하세요, ○○ 어머니~.
○○이도 안녕?”

“네, 안녕하세요!
○○이 오랜만이네~.”
“......”

"○○이는 참 조용하구나. 학교에서는 어떻니?"

"그냥 그래. 똑같아."

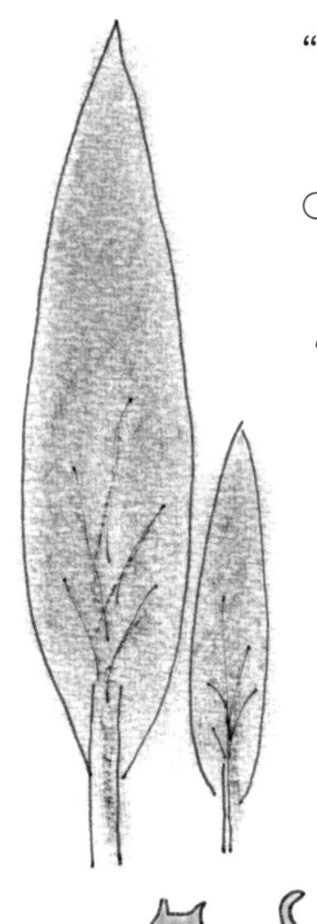

"안녕하세요. ××주세요."

"안녕하세요. 고맙습니다.
○○이는 학교 갔다 오니?"

"……."

"하하. 여전히 얌전하네."

"작고 안경 쓴 아이 맞지요? 말몰레기라고 하던데……."
"설마, 정말로 말을 못 하는 건 아닐 텐데요."
"하지만, 목소리를 한 번도 들어본 적이 없는걸요."

"우리 ○○이, 괜찮은 거겠지?"

"어, 엄마…… 이, 이거……
네, 네잎 클로버……."
"어머나! 나 주는 거니?"

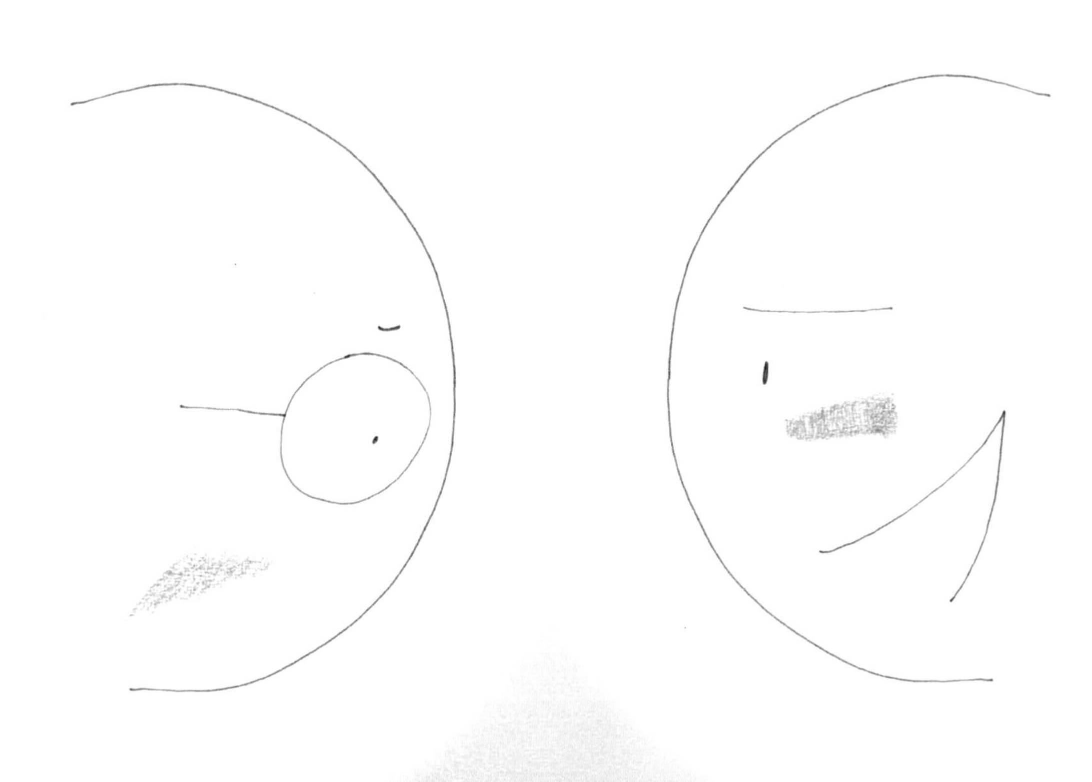

"고마워. 그리고 ○○아?

밖에서도 지금처럼 하면 돼.

친구들이랑 얘기도 많이 하고, 많이 웃고. 응?"

"어…… 으…… 네……."

“아, 말몰레기다!”

“야, 말몰레기!”

“○○아~ 방과후 수업 안 가냐?”

“거기서 뭐 해?”

“거기 뭐 있어?”

"아무것도 없는데?"

"뭐지, 저 녀석?"

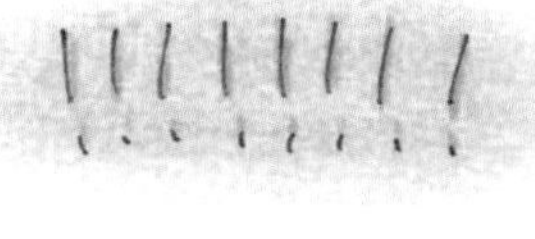

안녕?

안녕?

안녕~

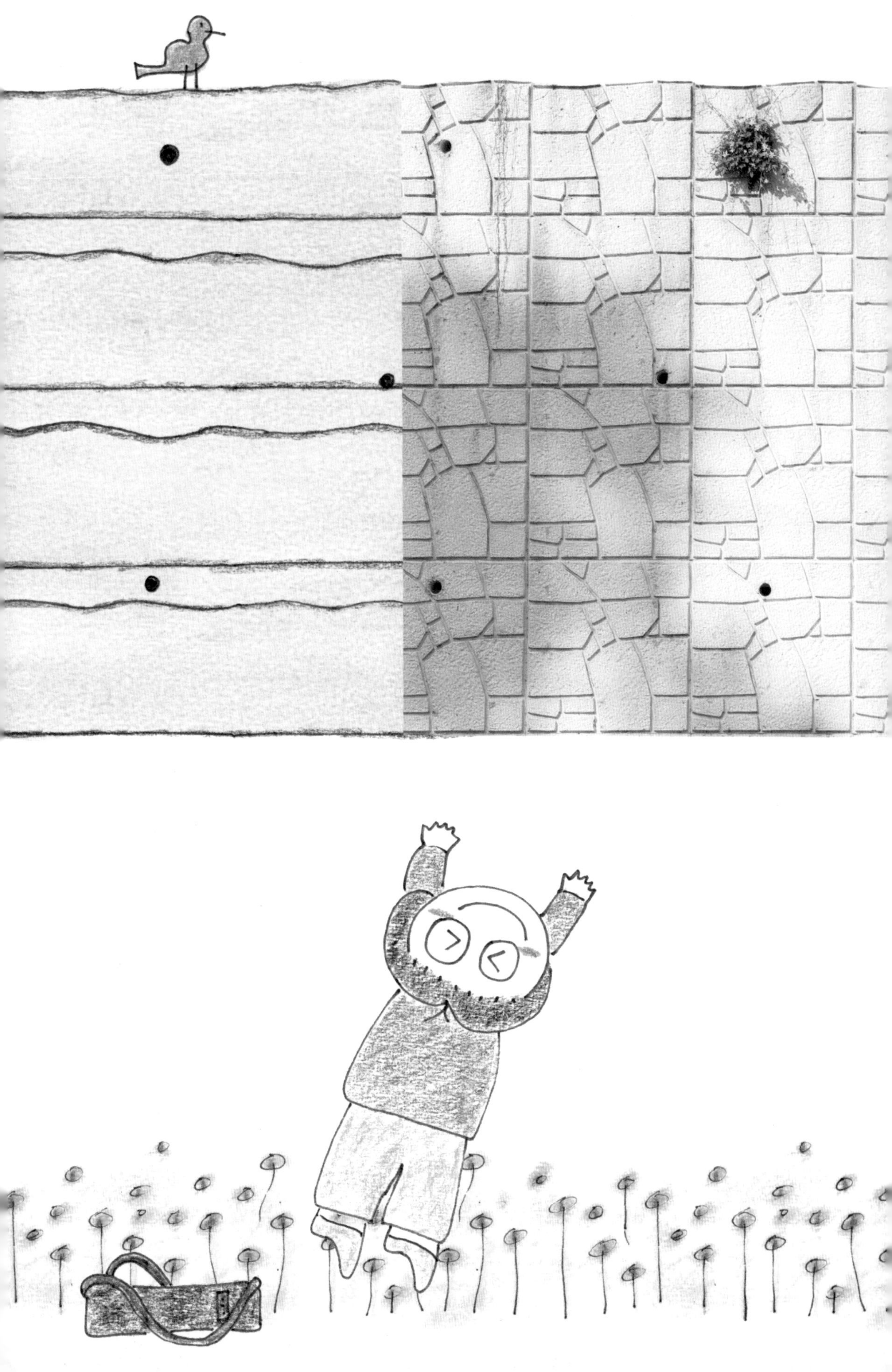

안~~~~

녕~~~~~~

"어머! 넌 누구니?"

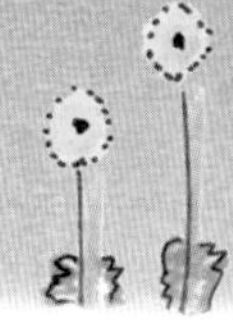

"■■ 친구니?"
"▲▲ 할머니네 왔나?"
"누구 기다리고 있는 거니?"
"누구? 내가 불러줄까?"

~ ^^ ~

"얘, 잠깐만!"

"……"

안녕?

안녕?

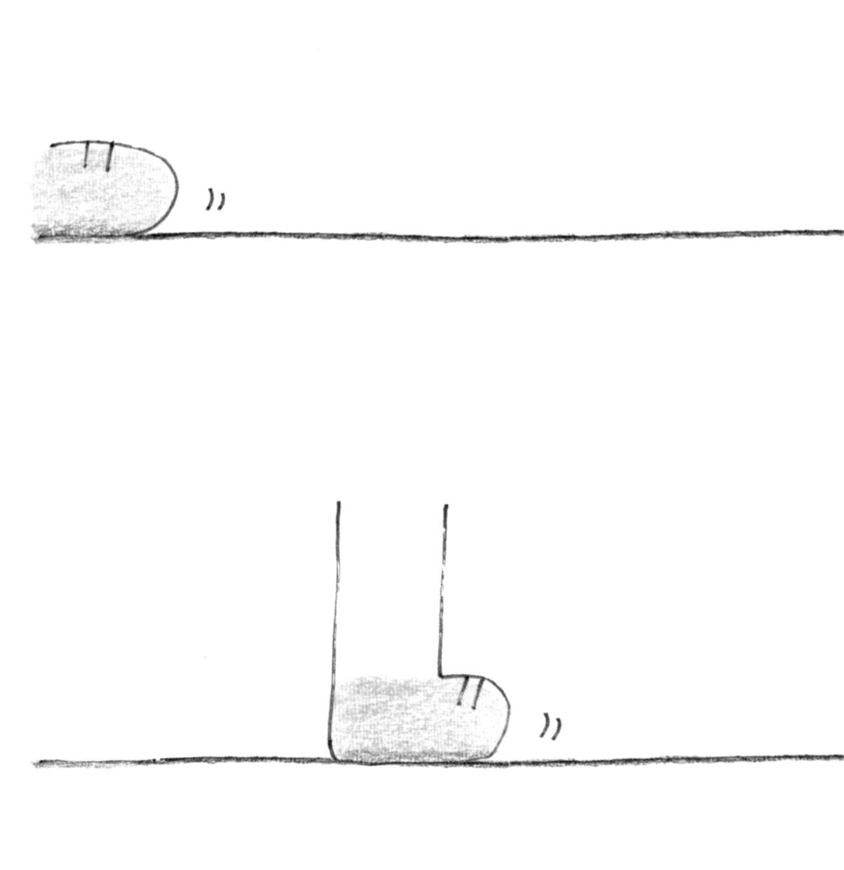

안녕?

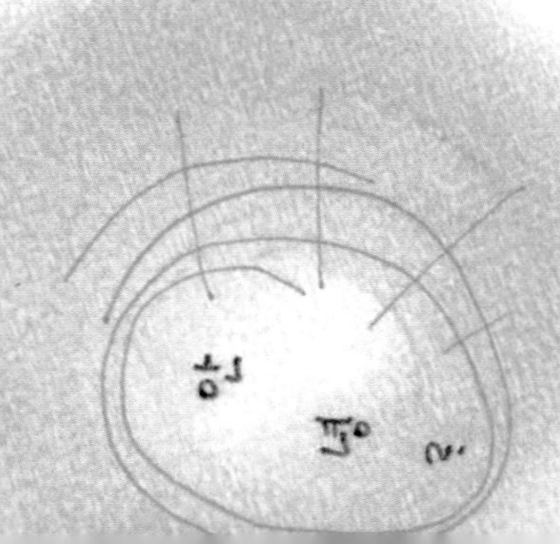
안녕?

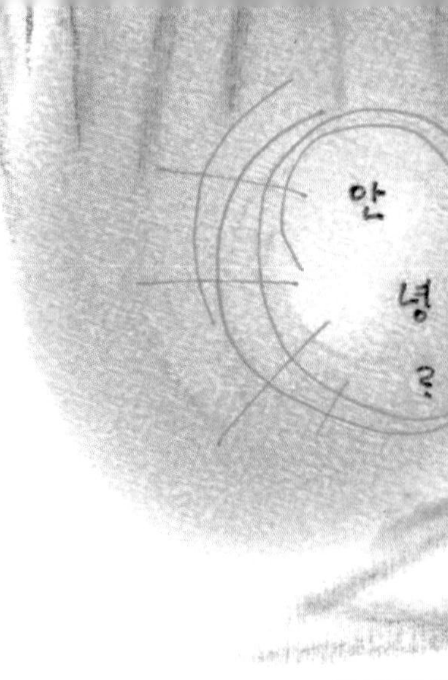
안녕?

안녕
안녕
안녕
안녕
안녕
안녕
안녕
안녕
안녕

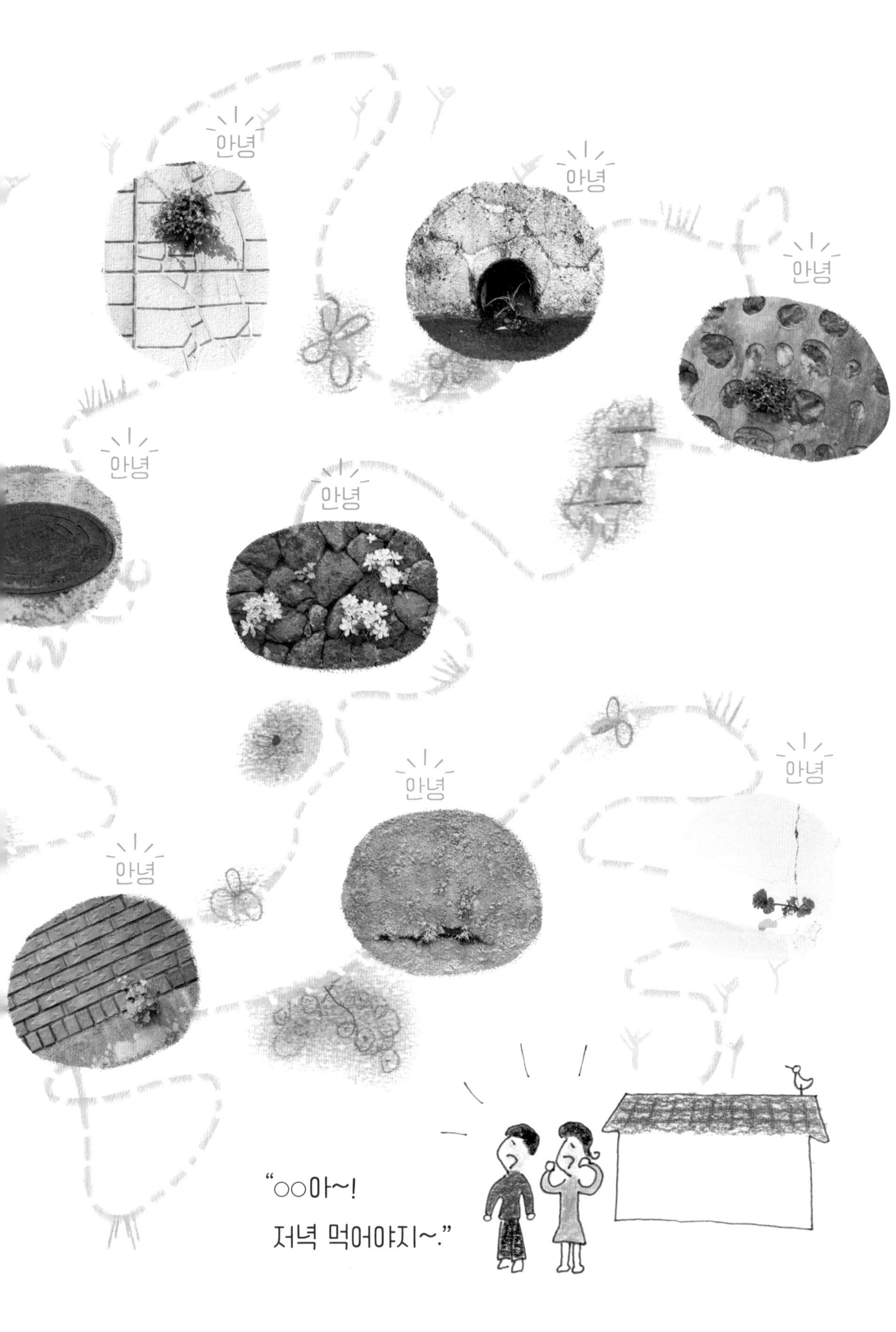
안녕
안녕
안녕
안녕
안녕
안녕
안녕
안녕
"○○아~!
저녁 먹어야지~."

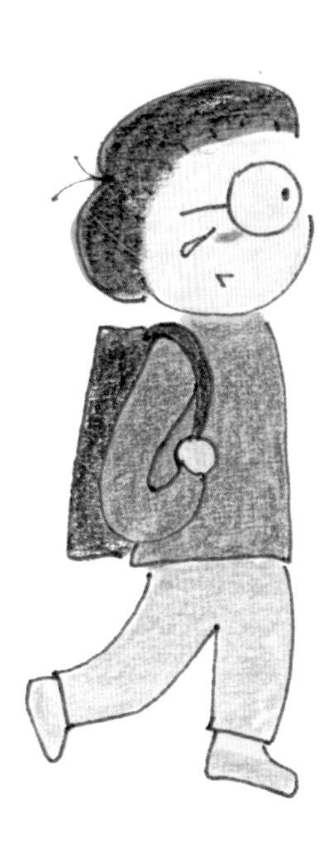

“다…… 다녀왔습니다!”

“우리 ○○이, 이제 오니?”

"치…… 친구……."

"친구랑 지금까지 놀다 온 거야?"

"엄청 재미있었나 보네. 어떤 친구니?"

"어…… 음……."

"어려우면 지금 말 안 해도 돼. 천천히 얘기해 주렴."

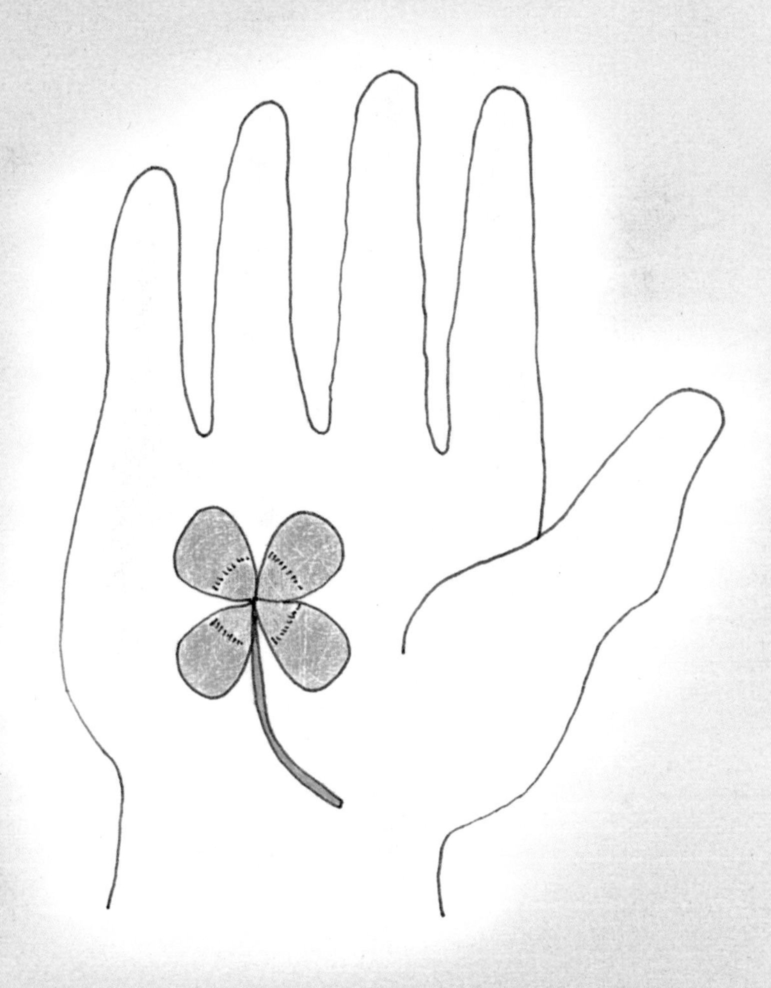

내 친구는 말몰레기입니다.
수줍음 많고 목소리도 작지만
다정하고 속 깊은 친구입니다.